David und Alex

Durch dich bin ich frei

Alisa Kevano

© 2023
likeletters Verlag
Inh. Martina Meister
Legesweg 10
63762 Großostheim
www.likeletters.de
info@likeletters.de

Autorin: Alisa Kevano
Bildquelle: Midjourney

ISBN: 9783946585541

Teilweise kam für dieses Buch künstliche Intelligenz zum Einsatz.

Inhaltsverzeichnis

Kapitel 1

David saß an seinem Schreibtisch, umgeben von Bergen von Papieren und blinkenden Bildschirmen.

Die Uhr zeigte bereits nach acht Uhr abends, und das Büro war bis auf das leise Summen der Klimaanlage still. Er rieb sich die Augenlider und blickte auf die Stadt hinunter, die unter ihm im nächtlichen Glanz erstrahlte.

Es war eine klare, sternklare Nacht – zu schön, um sie in einem leeren Büro zu verbringen.

Kurzentschlossen stand er auf, griff nach seiner Jacke und verließ das Gebäude. Die frische Luft tat gut, und fast wie von selbst fanden seine Schritte den Weg zu einer kleinen Bar in der Nähe, von der er oft gehört, die er aber noch nie besucht hatte.

Als er eintrat, war er überrascht von der gemütlichen Atmosphäre. Weiches

Licht, entspannte Gespräche, und in einer Ecke eine kleine Bühne, auf der ein Musiker mit einer Gitarre stand. Er bestellte ein Bier und ließ sich in eine Ecke nieder, von wo aus er eine gute Sicht auf den Musiker hatte.

Der Musiker, ein junger Mann mit intensivem Blick und leidenschaftlicher Ausstrahlung, begann zu spielen. Seine Stimme war klar und berührend, und seine Finger bewegten sich geschickt über die Saiten.

David fand sich gefangen in der Musik, die eine unerwartete Ruhe in ihm auslöste. Für einen Moment vergaß er den Stress und die Anforderungen seines Jobs.

Nach dem Set näherte sich der Musiker der Bar, und ihre Blicke trafen sich. «Ich bin Alex», sagte er mit einem warmen Lächeln.

David stellte sich ebenfalls vor, und sie begannen ein unbeschwertes Gespräch.

Um sie herum war die Bar ein Kaleidoskop aus Gesprächen und Gelächter, aber in ihrer kleinen Nische herrschte eine Intimität, die die Außenwelt ausschloss. Sie vertieften sich in Gespräche über die Nuancen der Musik, die Farben und Formen der Kunst und die philosophischen Pfade des Lebens.

Jedes Wort, das zwischen ihnen gewechselt wurde, baute eine stärkere Verbindung auf, unterstrichen durch die gelegentlichen Melodien einer sanften Gitarre, die von irgendwo im Hintergrund zu ihnen drang.

Als er später die Bar verließ, wusste David, dass dieser Abend etwas in ihm verändert hatte. Er konnte nicht genau sagen, was es war, aber er fühlte sich irgendwie leichter, als hätte die Musik und die Begegnung mit Alex eine Tür zu einem neuen Raum in seinem Leben geöffnet.

David war das, was viele als einen typischen «Aufsteiger» bezeichnen würden.

Geboren und aufgewachsen in einer Mittelklasse-Familie in der Vorstadt, hatte er sich durch Fleiß und Entschlossenheit seinen Weg gebahnt. Sein Vater war Ingenieur, seine Mutter Teilzeitbuchhalterin; sie hatten David stets den Wert von harter Arbeit und Beständigkeit vermittelt.

Nach seinem Abschluss in Marketing an einer renommierten Universität hatte David schnell eine Stelle in einer der führenden Marketingagenturen der Stadt ergattert. Mit 28 Jahren war er bereits ein angesehener Mitarbeiter, bekannt für seine innovativen Kampagnen und seinen unermüdlichen Einsatz.

Doch trotz seines beruflichen Erfolgs fühlte sich David oft isoliert. Seine letzte Beziehung mit einer ehemaligen Kommilitonin war vor einem Jahr zu Ende gegangen, und seitdem hatte er sich noch mehr in die Arbeit vertieft. Seine Freunde bemerkten, wie er sich langsam zurückzog und immer seltener an sozialen Aktivitäten teilnahm.

David war groß und sportlich, mit sorgfältig gestyltem Haar und einem unauffälligen, aber geschmackvollen Kleidungsstil. Er legte Wert auf sein Äußeres, sah es aber eher als notwendigen Teil seines Berufs. In seiner Freizeit bevorzugte er Bequemlichkeit – oft fand man ihn in Jeans und einem simplen T-Shirt.

Trotz seines äußeren Erfolges plagten David häufig Zweifel. Er fragte sich, ob die endlosen Arbeitsstunden und der ständige Druck es wirklich wert waren. Sein Leben schien nach außen hin perfekt, doch innerlich spürte er eine Leere, die er nicht zu füllen wusste.

Seine Familie war ihm wichtig, aber sie verstanden nicht immer die Belastungen seines Jobs. Seine Eltern waren stolz auf ihn, aber es gab eine stille Distanz – sie teilten nicht die Welt, in der er sich täglich bewegte.

Als er Alex in der Bar traf, war es das erste Mal seit Langem, dass David sich lebendig fühlte. Alex' Welt war so anders als seine eigene – frei und ungebunden. David wusste nicht genau, was er suchte, aber er wusste, dass er mehr von dieser neuen, faszinierenden Welt erfahren wollte, die Alex repräsentierte.

David saß an diesem Sonntagmorgen in seiner Wohnung, eine Tasse Kaffee in der Hand und blickte aus dem Fenster. Seine Gedanken drifteten zu Sarah, seiner Ex-Freundin.

Während des Studiums sind sie ein Paar geworden und waren fast vier Jahre zusammen gewesen. Sarah war intelligent, ehrgeizig und hatte einen scharfen Sinn für Humor. Sie hatten viele gemeinsame Interessen geteilt, aber letztendlich hatten ihre Lebenswege sie in unterschiedliche Richtungen geführt.

Sarah nahm irgendwann eine Stelle in einer anderen Stadt an, und obwohl sie es mit der Fernbeziehung versuchten, wurde bald klar, dass ihre jeweiligen Karrieren sie auseinandertrieben. Ihre Trennung war einvernehmlich und friedlich gewesen, geprägt von einem tiefen gegenseitigen Respekt und der Erkenntnis, dass ihre Zukunft nicht gemeinsam sein würde.

David erinnerte sich an das letzte Gespräch, das sie geführt hatten.

«Ich wünsche dir alles Gute, David. Du verdienst jemanden, der wirklich bei dir ist», hatte Sarah gesagt. Und er hatte geantwortet: «Das wünsche ich dir auch, Sarah. Du wirst immer einen besonderen Platz in meinem Herzen haben.»

Nach ihrer Trennung hatte David sich noch mehr in seine Arbeit vertieft. Er hatte gedacht, dass der Schmerz weniger werden würde, wenn er beschäftigt blieb. Aber an Tagen wie diesem, wenn die Stille ihn umgab, spürte er das Gewicht der Einsamkeit.

Die Begegnung mit Alex in der Bar hatte etwas in ihm geweckt. Es war nicht nur die Musik, es war Alex' ganze Art, das Leben zu betrachten – so unbeschwert und frei. David spürte, wie sich etwas in ihm veränderte. Vielleicht war es Zeit, seine eigenen Vorstellungen von Glück und Erfüllung zu überdenken.

Sarah sagte ihm einmal, dass er manchmal zu vorsichtig sei, dass er sich mehr dem Fluss des Lebens hingeben sollte. In diesem Moment fühlte David, dass vielleicht genau das der Schlüssel zu dem war, wonach er suchte.

David bemerkte eine neue Nachricht in seinen sozialen Medien, ein Kommentar von Anna, einer alten Freundin aus der Universität.

Anna: «Hey David, lange nicht gesehen! Wie geht es dir? Ich habe auf Insta gesehen, dass du neulich in dieser neuen Bar warst. Sieht cool aus! Wie war es?»

David: «Hey Anna! Ja, es ist eine Weile her. Mir geht's ganz gut, danke. Die Bar war wirklich toll, eine unglaubliche Atmosphäre und gute Musik. Hat mich irgendwie an unsere Uni-Zeiten erinnert.»

Anna: «Das klingt fantastisch. Ich vermisse diese Tage manchmal! Wir sollten wirklich mal wieder zusammen ausgehen. Vielleicht kannst du mir ja ein paar neue Orte zeigen?»

David: «Das wäre großartig. Ich muss zugeben, dass ich nicht oft ausgehe, aber das kann sich ja ändern. Lass uns bald was planen.»

Anna: «Absolut! Melde dich einfach, wenn du Zeit hast. Es wäre schön, mal wieder nachzuholen.»

Er nahm einen weiteren Schluck Kaffee und lächelte leicht. Vielleicht war es Zeit, neue Wege zu erkunden. Vielleicht war es Zeit, sich selbst zu erlauben, etwas Unerwartetes zu fühlen.

Kapitel 2

Alex saß in seinem kleinen, aber gemütlichen Apartment, umgeben von Musikinstrumenten und alten Vinylplatten. Die Wände waren mit Postern von Jazzlegenden und Rockikonen dekoriert, ein lebendiges Zeugnis seiner Leidenschaft für Musik. Er strich über die Saiten seiner Gitarre, die Melodie füllte den Raum mit sanften Klängen.

Musik war schon immer sein Zufluchtsort gewesen, sein Weg, sich auszudrücken und mit der Welt zu verbinden.

Als Kind hatte er Stunden damit verbracht, auf einem alten Klavier zu spielen, das in einer Ecke des Wohnzimmers seiner Eltern stand.

Seine Eltern, beide Kunstliebhaber, hatten seine musikalischen Ambitionen immer unterstützt, auch wenn sie manchmal besorgt waren über seinen unkonventionellen Lebensstil.

Alex hatte sich nie für einen traditionellen Karriereweg interessiert. Nachdem er das Musikstudium abgeschlossen hatte, entschied er sich gegen das sichere Umfeld eines Orchesters und für die Freiheit als Solokünstler. Bars, kleine Clubs, private Veranstaltungen – das war seine Bühne. Er genoss die Unmittelbarkeit der Reaktionen, das Gefühl der Verbindung mit seinem Publikum.

Sein Liebesleben war ähnlich ungebunden wie seine Karriere. Alex hatte einige kurze Beziehungen gehabt, aber nichts, was ihn wirklich gefesselt hatte. Er glaubte an die Liebe, aber sie hatte ihn noch nicht in ihrer ganzen Tiefe erfasst.

Die Begegnung mit David in der Bar hatte einen bleibenden Eindruck hinterlassen. Alex spürte, dass David anders war als die Leute, die er normalerweise traf.

Es gab eine Tiefe in ihm, die Alex neugierig machte. Er wusste nicht viel über Davids Welt, aber er fühlte, dass da mehr war, als auf den ersten Blick zu sehen war.

Während Alex nachdenklich im Raum saß, vibrierte sein Handy mit einer neuen Nachricht von seinem guten Freund Jonas, einem anderen Musiker, den er seit dem Studium kannte.

Jonas: «Hey Alex, wie läuft's? Schon ne Weile nichts mehr von dir gehört. Was machst du so?»

Alex: «Hey Jonas. So lange ist es doch noch gar nicht her. Eigentlich ist ja nächstes Wochenende wieder ein Essen mit den anderen geplant. Aber ehrlich gesagt, hab ich gerade etwas anderes im Kopf.»

Jonas: «Oh? Was geht bei dir? Neue Inspiration gefunden?»

Alex: «Vielleicht kann man das so nennen. Ich habe jemanden kennenge-

lernt. Sein Name ist David. Es ist…
anders diesmal.»

Jonas: «Hört sich ernst an, Mann. Du
und ‚anders' in einem Satz, das muss
etwas bedeuten. Erzähl mir mehr über
ihn!»

Alex: «Er ist interessant, tiefgründig.
Hat eine andere Art zu leben als ich,
aber irgendwie zieht es mich zu ihm
hin. Kann das nicht richtig erklären.»

Jonas: «Manchmal braucht es keine
Erklärung. Wichtig ist, dass es sich gut
anfühlt. Wann lernen wir ihn kennen?»

Alex: «Bald, hoffe ich. Ich glaube, er
würde gut in unsere Runde passen.»

Jonas: «Freue mich darauf, ihn kennenzulernen. Und falls du jemanden zum
Reden brauchst, bin ich da. Manchmal
können neue Beziehungen ganz schön
verwirrend sein.»

Alex: «Danke, Jonas. Das bedeutet mir
viel. Ich melde mich bald, verspro-
chen.»

Alex legte sein Handy zur Seite und lächelte. Dieses Gespräch mit Jonas hatte ihm geholfen, seine Gedanken zu ordnen. Es war beruhigend zu wissen, dass er Freunde hatte, auf die er sich verlassen konnte.

Alex spielte eine sanfte Melodie, die er in der Nacht ihrer Begegnung komponiert hatte. Die Noten schienen die Stimmung jenes Abends einzufangen – eine Mischung aus Neugier, Hoffnung und einem Hauch von etwas Unbekanntem.

Er legte die Gitarre beiseite und dachte nach. Vielleicht war es an der Zeit, dass er auch in seinem persönlichen Leben neue Wege beschritt. Vielleicht war David der Anstoß, den er brauchte, um auch dort etwas Neues zu wagen.

Als David das kleine Café betrat, um dem regnerischen Nachmittag zu entfliehen, bemerkte er sofort eine vertraute Gestalt.

Es war der Musiker von der Bar, Alex, dessen Auftritt vor ein paar Tagen einen unauslöschlichen Eindruck hinterlassen hatte. Er saß alleine an einem Tisch, vertieft in sein Notizbuch.

David zögerte einen Moment. Sollte er ihn ansprechen? Schließlich nahm er all seinen Mut zusammen und ging auf den Tisch zu.

«Entschuldigung, Alex? Ich hoffe, ich störe nicht. Ich habe deinen Auftritt neulich in der Bar gesehen. Du warst wirklich großartig,» sagte David.

Alex blickte auf und lächelte. «Oh, danke! Du bist David, oder?»

«Ja, stimmt,» antwortete David, und sie schüttelten sich die Hände.

Sie bestellten Kaffee, und bald waren sie in ein Gespräch vertieft. Alex erzählte von seiner Musik, seinen Inspirationen und Träumen.

David war fasziniert von seiner Leidenschaft und seiner entspannten Art, das Leben zu nehmen.

Auf die Frage hin erzählte David von seiner Arbeit im Marketing, seinen Herausforderungen und Ambitionen. Es war ungewöhnlich für ihn, so offen zu sprechen, aber Alex' aufrichtiges Interesse und sein einfühlsames Zuhören machten es leicht.

Die Zeit verging wie im Flug, und als sie das Café verließen, war es bereits dunkel geworden. Sie hatten über alles Mögliche gesprochen, und David fühlte sich, als hätte er einen Freund gefunden, den er schon lange kannte.

Sie verabschiedeten sich mit einem Lächeln und dem Versprechen, in Kontakt zu bleiben. David ging nach Hause, mit dem Gefühl, dass diese zufällige Begegnung der Beginn von etwas Besonderem sein könnte.

In den folgenden Tagen entdeckten David und Alex gemeinsam die Stadt. Eines Nachmittags saßen sie in einem charmanten Café in der Altstadt, umgeben von kunstvoll verzierten Wänden und dem sanften Klang einer Jazzband im Hintergrund. Sie genossen den reichen Geschmack des frisch gebrühten Kaffees, während sie das Treiben auf den gepflasterten Straßen außerhalb des Fensters beobachteten.

Bei ihren Spaziergängen durch die malerischen Gassen entdeckten sie verborgene Galerien, deren Wände mit lebhaften und abstrakten Kunstwerken bedeckt waren, und besuchten intime Konzerte in kleinen, gedämpft beleuchteten Clubs, wo sie Seite an Seite die Leidenschaft und das Talent der lokalen Musiker erlebten.

David, der sich in seiner strukturierten Welt aus Terminen und Fristen bewegte, fand in Alex' unkonventioneller Lebensweise einen faszinierenden Kontrast. Alex lebte für den Moment, seine Termine waren flexibel, seine Pläne oft spontan. Er zeigte David kleine, versteckte Orte in der Stadt – Orte, die David trotz jahrelangen Lebens dort nie bemerkt hatte.

Eines Abends lud Alex David zu einem seiner Auftritte in einer kleinen Bar ein. David war beeindruckt von der Intensität, mit der Alex spielte, von der Verbindung, die er mit seinem Publikum aufbaute. Es war eine Welt, die David bisher nur aus der Ferne kannte, und er war fasziniert davon.

Nach dem Auftritt saßen sie zusammen und sprachen über Musik, Kunst und das Leben. David fühlte sich, als würde er allmählich eine neue Sprache lernen, eine Sprache voller Farben, Klänge und Emotionen.

«Du scheinst deine Arbeit zu lieben, aber sie scheint dir auch viel abzuverlangen,» bemerkte Alex während eines ihrer Gespräche.

David nickte.

«Ja, das tut sie. Manchmal frage ich mich, ob es das alles wert ist.»

Alex legte den Kopf schief und sah ihn nachdenklich an.

«Vielleicht ist es an der Zeit, das herauszufinden.»

Diese Worte hallten in Davids Kopf nach, als er später nach Hause ging. Er dachte an sein Büro, an die vielen Überstunden, an die seltenen Momente der Freude.

Dann dachte er an die Leichtigkeit, die er in Alex' Nähe spürte, an die Musik, die Farben, die Lachen. Es war, als hätte er gerade erst begonnen zu erkennen, wie eindimensional sein Leben bisher gewesen war.

David legte sich schlafen, aber die Gedanken an die geteilten Momente mit Alex und die Möglichkeiten, die vielleicht noch vor ihm lagen, hielten ihn wach.

Es war, als stünde er an der Schwelle zu einer neuen Welt, einer Welt, die er mit Alex zusammen erkunden wollte.

Es war ein sonniger Samstagmorgen, als Alex David zu einem Ausflug in den nahegelegenen Nationalpark einlud. David, der normalerweise seine Wochenenden mit Arbeiten oder Erledigungen verbrachte, zögerte zunächst. Doch die Aussicht, dem hektischen Stadtleben zu entfliehen, war verlockend.

Die Fahrt war geprägt von leichter Konversation und Musik, die Alex ausgesucht hatte – eine Mischung aus entspanntem Jazz und lebhafter Folk-Musik.

David fand sich lächelnd und entspannt, eine Seltenheit in seinem sonst so strukturierten Leben.

Im Park angekommen, atmeten sie die frische Luft ein und genossen die Ruhe der Natur. Sie wanderten durch Wälder, über Hügel und entlang eines kristallklaren Sees. David, der sonst selten Zeit in der Natur verbrachte, spürte, wie der Stress und die Anspannung von ihm abfielen.

Während sie auf einem Felsen am See saßen, die Füße im Wasser baumelnd, sagte David: «Ich habe vergessen, wie friedlich es hier draußen sein kann. In der Stadt ist immer alles so laut und hektisch.»

Alex nickte. «Manchmal braucht man einen Moment, um innezuhalten und die Welt um sich herum zu schätzen. Es gibt so viel Schönheit, die man verpasst, wenn man immer nur beschäftigt ist.»

David sah auf den See hinaus, beobachtete, wie das Sonnenlicht auf dem Wasser tanzte. Er dachte an sein Büro, an die endlosen Meetings und Berichte. Dann sah er zu Alex, der mit geschlossenen Augen das Sonnenlicht genoss.

Dieser Tag im Nationalpark war mehr als nur eine Pause von der Arbeit; es war ein Fenster in eine andere Welt, eine Welt, die David fast vergessen hatte. Eine Welt, in der es nicht nur um Erfolg und Verpflichtungen ging, sondern auch um die einfachen Freuden des Lebens.

Auf der Rückfahrt fühlte sich David erfrischt und nachdenklich. Er war dankbar für diesen Tag, dankbar für Alex und die neue Perspektive, die er ihm gab. Etwas in ihm hatte sich verändert, und er war gespannt, wohin dieser neue Weg ihn führen würde.

Es war Alex' Idee, spät in der Nacht zum Aussichtspunkt außerhalb der Stadt zu fahren, um Sterne zu beobachten. David, der sich normalerweise zu dieser Zeit längst auf den nächsten Arbeitstag vorbereitete, ließ sich widerwillig darauf ein.

Doch als sie dort ankamen, überwältigt von der Stille und der Pracht des nächtlichen Himmels, war er Alex dankbar für diesen Impuls.

Sie breiteten eine Decke aus und legten sich hin, den Blick in den Himmel gerichtet, der mit unzähligen Sternen übersät war. Die Stadtlichter waren weit entfernt, und die Milchstraße zog sich wie ein leuchtendes Band über sie.

«Als Kind habe ich mir vorgestellt, eines Tages zu den Sternen zu reisen», sagte Alex leise. «Ich habe immer davon geträumt, Astronaut zu werden, die Erde aus dem Weltraum zu sehen.»

David lächelte.

«Ich wollte immer Geschäftsmann werden», antwortete er. «Es klingt jetzt so trocken im Vergleich.»

«Träume verändern sich», meinte Alex. «Aber es ist nie zu spät, neue zu haben.»

Diese Worte ließen David nachdenklich werden. Was waren seine Träume jetzt? Konnte es sein, dass es mehr im Leben gab, als die Karriereleiter, die er so mühsam erklommen hatte?

Sie sprachen über ihre Kindheit, ihre Hoffnungen und Enttäuschungen, ihre verlorenen und gefundenen Träume. Es war ein Austausch von Gedanken und Gefühlen, so roh und echt, dass David sich fragte, warum er so lange gebraucht hatte, um so eine Verbindung zuzulassen.

Als der Himmel langsam zu verblassen begann und die ersten Anzeichen des Morgengrauens sichtbar wurden, fühlte David eine tiefe Verbundenheit mit Alex.

Diese Nacht unter den Sternen hatte etwas in ihm freigesetzt, eine Sehnsucht nach Authentizität und Tiefe in seinen Beziehungen.

Kapitel 3

In den folgenden Tagen fand sich David in einem Wirrwarr von Gedanken und Gefühlen wieder. Er war es gewohnt, sein Leben und seine Emotionen unter Kontrolle zu haben, doch was er für Alex empfand, ließ sich nicht so einfach einordnen.

Es waren die kleinen Dinge, die ihn ins Grübeln brachten: das Lächeln von Alex, das Gefühl der Nähe, wenn sie nebeneinandersaßen, die leichte Enttäuschung, wenn ein Treffen zu Ende ging. Diese Empfindungen gingen über eine bloße Freundschaft hinaus, das musste David sich eingestehen.

Er hatte sein Leben lang gedacht, er wüsste genau, wer er war und was er wollte.

Doch jetzt, konfrontiert mit einer Anziehung, die er nicht erwartet hatte, fühlte er sich verloren.

Er hatte keine Erfahrung mit solchen Gefühlen für einen anderen Mann; es war ein Terrain, das ihm völlig unbekannt war.

In einsamen Momenten in seiner Wohnung ließ David die vergangenen Wochen Revue passieren. Jedes Lächeln, jede Berührung, jedes Gespräch mit Alex brachte eine Wärme in ihm hervor, die er nicht leugnen konnte.

Aber gleichzeitig war da auch Angst – Angst vor dem Unbekannten, Angst davor, was diese Gefühle über ihn aussagten.

Er dachte an Sarah, an ihre Beziehung, die so sicher und vertraut gewesen war.

War das, was er jetzt empfand, nur eine flüchtige Verwirrung, oder war es etwas Echtes und Tiefgründiges?

Eines Abends, als er alleine in einer Bar saß und über sein Glas Whisky nachdachte, realisierte David, dass er vor einer Wahl stand.

Er konnte weiterhin das Leben führen, das er immer geführt hatte, oder er konnte sich den neuen, verwirrenden Gefühlen stellen, die Alex in ihm geweckt hatte.

Nach seinem ersten Treffen mit Alex fand David es schwierig, sich auf die Arbeit zu konzentrieren. Die späten Nächte und die Gedanken, die ständig um Alex kreisten, hinterließen ihre Spuren. Er fühlte sich müde und abgelenkt, was nicht unbemerkt blieb.

An einem trüben Dienstagmorgen, als David eine Präsentation für ein wichtiges Kundenmeeting vorbereitete, trat sein Vorgesetzter, Herr Weber, an seinen Schreibtisch. «David, darf ich kurz stören? Ich habe bemerkt, dass Sie in letzter Zeit nicht ganz bei der Sache sind. Alles in Ordnung mit Ihnen?»

David blickte auf, bemüht, seine Müdigkeit zu verbergen.

«Ja, alles in Ordnung, Herr Weber. Ein wenig schlecht geschlafen, mehr nicht.»

Herr Weber musterte ihn skeptisch.

«Nun, ich hoffe, dass es nichts Ernstes ist. Wir brauchen Ihr volles Engagement, besonders jetzt mit dem neuen Projekt.»

Als David sich wieder seiner Arbeit zuwandte, hörte er das gedämpfte Gespräch zweier Kollegen.

«Sieht so aus, als hätte unser Star-Marketer zu viele Nächte durchgefeiert», flüsterte einer von ihnen, begleitet von einem kichernden Lachen.

David spürte, wie die Worte wie Nadelstiche in ihm saßen. Er war es gewohnt, als der zuverlässige, stets fokussierte Mitarbeiter gesehen zu werden. Doch jetzt, da seine Gedanken ständig um Alex kreisten, fühlte er sich unsicher und exponiert.

Im Laufe des Tages bemerkte er weitere flüchtige Blicke und hörte die anderen miteinander flüstern. Ein Gefühl des Unverständnisses und der subtilen Missbilligung war unverkennbar.

Es war, als ob seine Kollegen spürten, dass sich etwas verändert hatte, und dies mit einer Mischung aus Neugier und Misstrauen beobachteten.

Als der Tag zu Ende ging, saß David allein in seinem spärlich beleuchteten Büro, das nur von dem schwachen Schein seines Schreibtischlichts erhellt wurde. Er starrte auf den leeren Bildschirm seines Computers, während die Stille des Raums fast greifbar war. Er war erschöpft, fühlte sich isoliert, verstärkt durch das leise Summen der Klimaanlage und das gelegentliche Knacken des Gebäudes, das ihn daran erinnerte, wie allein er in diesem großen, unpersönlichen Raum war.

Der Kontrast zwischen der Freiheit und Akzeptanz, die er in Alex' Gesellschaft fand, und der zunehmenden Distanz in seinem Arbeitsumfeld war frappierend. Er fragte sich, wie lange er diesen Spagat zwischen seinem Privatleben und den Erwartungen bei der Arbeit aufrechterhalten konnte.

David lag wach in seinem Bett, die Dunkelheit des Zimmers spiegelte die Turbulenzen in seinem Inneren wider.

Die Worte seiner Eltern, streng und unerbittlich in ihrer Ablehnung von Homosexualität, hallten in seinem Kopf nach.

«Das ist doch krank, nicht normal», hatte sein Vater einmal gesagt. Diese Worte hatten sich tief in Davids Bewusstsein eingegraben und prägten seine Sicht auf die Welt.

Jedes Mal, wenn er Alex sah, fühlte er sich zerrissen zwischen dem, was sein Herz begehrte, und dem, was sein Verstand ihm als ‚normal' und ‚richtig' diktierte. Die Momente der Nähe zu Alex, die einst Quellen des Glücks waren, wurden nun zu Quellen des inneren Konflikts.

David begann, sich von Alex zurückzuziehen, unsicher, wie er mit der Flut seiner Emotionen umgehen sollte. Ihre Treffen wurden seltener, und wenn sie sich sahen, war David distanziert, gefangen in seinem eigenen Kampf.

Alex spürte die Veränderung. «Ist alles in Ordnung?», fragte er während eines ihrer sporadischen Treffen.

«Ja, alles gut», log David, obwohl in seinen Augen eine offensichtliche Unruhe lag. Er konnte Alex die Wahrheit nicht sagen, konnte ihm nicht gestehen, wie tief seine Gefühle gingen und wie sehr sie ihn quälten.

In den einsamen Stunden der Nacht dachte David über sein Leben nach, über die Erwartungen seiner Eltern und die Gesellschaft, in der er aufgewachsen war.

Es war eine Welt, die keine Abweichung von der Norm duldete, eine Welt, die ihn gelehrt hatte, seine wahren Gefühle zu unterdrücken.

Er dachte an Alex, an sein strahlendes Lächeln, seine Freiheit, sein unbeschwertes Wesen.

Wie konnte er, David, in Alex' Welt passen, eine Welt, die so radikal anders war als alles, was er kannte?

In diesen Momenten der Stille und Reflexion begann David zu realisieren, dass der Kampf nicht nur um seine Gefühle für Alex ging, sondern auch um sein eigenes Selbstverständnis.

Es war ein Kampf um die Freiheit, er selbst zu sein, und um die Erlaubnis, zu lieben, ohne Furcht und ohne Scham.

Während einer Mittagspause bei der Arbeit saß David mit einigen Kollegen, darunter auch Peter Müller, im Pausenraum. Das Gespräch war locker, bis Peter plötzlich einen Witz machte, der sich über Homosexuelle lustig machte.

David fühlte sich nicht wohl, doch er schwieg. Er wusste, dass Peter für seine altmodischen Ansichten bekannt war und oft spöttische Kommentare über «diesen ganzen woken Schwachsinn» machte.

Peter, der Davids Unbehagen bemerkte, klopfte ihm auf die Schulter. «Nicht so ernst nehmen, David. Ich bin eben aus einer anderen Zeit. Diese ganze politische Korrektheit heutzutage geht mir gegen den Strich.»

David nickte nur, vermied aber weiteren Augenkontakt. Er fühlte sich hin- und hergerissen zwischen dem Wunsch, sich zu äußern, und der Angst, zu viel über sich preiszugeben.

Peter ging bald, und David blieb nachdenklich zurück. Solche Momente machten ihm klar, wie schwierig es sein würde, offen über seine Beziehung zu Alex zu sprechen.

Kapitel 4

Alex stand in der kleinen, gedämpft beleuchteten Bühnenecke einer seiner Lieblingsbars, die Gitarre fest im Griff. Die Musik war sein Anker, besonders jetzt, da die Dinge mit David unklar geworden waren. Er hatte Davids Distanz gespürt, eine Distanz, die mehr Fragen aufwarf, als sie beantwortete.

Seit seiner Jugend hatte Alex sich mit seiner Sexualität abgefunden und sich früh in seinem Leben geoutet. Er erinnerte sich an die Herausforderungen, die er durchgemacht hatte, die Akzeptanz, die er sich erkämpfen musste, sowohl von anderen als auch von sich selbst.

Seine Familie hatte ihn unterstützt, und diese Unterstützung hatte ihm die Kraft gegeben, frei und unabhängig zu leben. Während er spielte, ließ er seine Gedanken zu David schweifen. Alex mochte ihn wirklich – mehr als er zunächst zugeben wollte.

Doch Davids plötzliche Zurückhaltung verwirrte ihn. War es etwas, das Alex gesagt oder getan hatte? Oder lag es an etwas Tieferem, was David mit sich selbst austrug?

Mit jedem Akkord, den er spielte, versuchte Alex, seine Enttäuschung und Verwirrung in die Musik fließen zu lassen. Die Zuhörer schienen in der Melodie gefangen zu sein, unwissend über die emotionalen Stürme, die sie hervorrief.

Nach dem Set setzte sich Alex an die Bar und dachte über die letzten Wochen nach. Er hatte in David einen Seelenverwandten gefunden, jemanden, der seine Lebenseinstellung herausforderte und gleichzeitig ergänzte. Aber nun fühlte er sich, als würde er ihn verlieren, noch bevor irgendetwas wirklich begonnen hatte.

Alex hatte in seinem Leben gelernt, dass manche Dinge sich dem Verständnis entziehen, dass manche Wege unergründlich sind. Vielleicht, so dachte er, war David einer dieser Wege – eine Lektion in Liebe und Loslassen.

Er nahm sein Handy heraus und tippte eine Nachricht an David, in der Hoffnung, irgendeine Klarheit zu finden. «Hey, wir sollten reden. Ich vermisse unsere Gespräche.»

Er schickte die Nachricht ab, ohne wirklich zu wissen, was er als Antwort erwarten sollte.

Als er seine Sachen packte und die Bar verließ, war Alex von einem Gefühl der Ungewissheit umgeben. Aber wie immer fand er Trost in der Musik, seinem ständigen Begleiter durch Höhen und Tiefen des Lebens.

David sah auf sein Handy, auf die Nachricht von Alex, die unbeantwortet blieb.

Er hatte sie immer wieder gelesen, jedes Wort, jede Nuance, in der Hoffnung, eine klare Antwort in seinem eigenen Herzen zu finden. Aber die Worte kamen nicht. Stattdessen war da nur die Stille, gefüllt mit seiner eigenen Unsicherheit und Angst.

Er war spazieren gegangen, in der Hoffnung, dass die Bewegung und die frische Luft seine Gedanken klären würden. Die Straßen waren ruhig, mit nur wenigen Passanten, die wie Schatten in der Dämmerung vorbeizogen.

David fühlte sich genauso – wie ein Schatten, der sich durch sein eigenes Leben bewegte, nicht fähig zu entscheiden, nicht fähig zu fühlen.

Seine Gedanken kehrten immer wieder zu seiner Kindheit zurück, zu den strengen Worten seines Vaters, zu den unausgesprochenen, aber klaren Erwartungen seiner Familie.

«Sei ein Mann», «Sei stark», «Sei normal.»

Diese Worte hatten ihn sein ganzes Leben lang geformt, hatten ihm eine Maske aufgesetzt, die er nun nicht mehr ablegen konnte.

David dachte an Alex, an seine Offenheit, seine Freiheit, seine Akzeptanz der Welt und sich selbst.

Es war, als hätte Alex einen Schlüssel zu einem Teil von David, den er selbst nicht verstand, zu einem Raum, den er bisher verschlossen gehalten hatte.

Aber die Angst war zu groß.

Die Angst, sich selbst zu akzeptieren, die Angst vor der Reaktion anderer, die Angst, alles zu verlieren, was er sich aufgebaut hatte. Diese Angst hielt ihn zurück, hielt ihn gefangen.

Als er nach Hause kam, war das Haus still, fast erdrückend in seiner Leere. Er setzte sich an den Küchentisch, das Handy immer noch in der Hand.

Sollte er Alex antworten? Sollte er ihm die Wahrheit sagen?

Oder sollte er weiterhin schweigen und hoffen, dass diese verwirrenden Gefühle verschwinden würden?

Die Nacht zog sich hin, und David fand keinen Schlaf. Die Nachricht von Alex blieb unbeantwortet, ein stummes Zeugnis seines inneren Konflikts.

Alex saß in seinem Apartment, umgeben von den sanften Klängen seiner Gitarre. Die unbeantwortete Nachricht an David lag wie ein Schatten auf seinem Herzen.

Er hatte gehofft, dass David seine Verwirrung und Sorgen teilen würde, aber die anhaltende Stille von Davids Seite ließ Alex zweifeln.

Er dachte an die Momente zurück, die sie gemeinsam verbracht hatten – die tiefen Gespräche, die Lacher, die Momente der stillen Verbindung.

Es hatte etwas Magisches an sich gehabt, aber jetzt schien diese Magie zu verblassen, zerrissen von der Unsicherheit und der Distanz, die sich zwischen ihnen aufgebaut hatte.

Alex verstand, dass David durch eine schwierige Zeit ging. Die wenigen Dinge, die David über seine Vergangenheit und Familie erwähnt hatte, deuteten auf eine Umgebung hin, die wenig Raum für die Art von Freiheit ließ, die Alex so sehr schätzte.

Vielleicht, überlegte Alex, brauchte David einfach Zeit und Raum, um seine Gedanken und Gefühle zu ordnen.

Er beschloss, David diese Zeit zu geben. Es war nicht einfach, er wollte am liebsten alle Barrieren niederreißen und die Stille durchbrechen. Aber er wusste, dass Drängen in solchen Situationen selten hilfreich war.

Stattdessen konzentrierte sich Alex auf seine Musik, seine Zuflucht und sein Ventil.

Er begann, an einem neuen Lied zu arbeiten, eines, das von Sehnsucht und Verständnis handelte, von der Akzeptanz des Unbekannten und der Schönheit in der Stille.

In den folgenden Tagen spielte Alex in verschiedenen Bars und Veranstaltungsorten, ließ seine Musik sprechen, wo Worte fehlten.

Er hoffte, dass David irgendwann bereit sein würde, seine Stille zu brechen, aber bis dahin würde Alex warten, spielen und leben – frei und ungebunden, doch mit einem Herzen, das auf eine Antwort wartete.

David stand vor dem Spiegel in seiner Wohnung, betrachtete sein Spiegelbild und suchte nach Anzeichen der Veränderung. Äußerlich sah er aus wie immer, aber innerlich fühlte er sich, als wäre er durch einen stürmischen Ozean geschwommen.

Die letzten Tage hatten ihn dazu gebracht, sein ganzes Leben und seine Überzeugungen zu hinterfragen.

Er dachte an Alex, an die unbeschwerte Art, mit der er durchs Leben ging, und an die Leichtigkeit, die David in seiner Gegenwart gespürt hatte. Er konnte nicht leugnen, dass Alex etwas in ihm berührt hatte, das weit über Freundschaft hinausging.

Mit zitternden Händen nahm er sein Handy und tippte eine Nachricht.

«Können wir uns treffen? Ich muss mit dir reden.»

Er drückte auf Senden, bevor er es sich anders überlegen konnte.

Das Warten auf eine Antwort war quälend, jede Sekunde zog sich wie eine Ewigkeit. Schließlich vibrierte das Handy.

«Natürlich. Wann und wo?», kam die Antwort von Alex.

Sie verabredeten sich für den Abend in einem ruhigen Café, abseits des Trubels der Stadt. David fühlte sich, als würde er zur Beichte gehen, bereit, seine Sünden zu offenbaren.

Doch er wusste, dass dies der einzige Weg war, um Frieden mit sich selbst zu schließen.

Als er Alex im Café gegenübersaß, fühlte David eine Mischung aus Angst und Erleichterung. Alex sah ihn erwartungsvoll an, aber auch mit einer Spur von Besorgnis in den Augen.

«Ich weiß nicht, wie ich das sagen soll», begann David, seine Stimme zitterte leicht. «Aber ich glaube, ich habe Gefühle für dich. Gefühle, die ich nicht verstehe und die mich erschrecken.»

Alex hörte ihm zu, ohne ihn zu unterbrechen, sein Gesichtsausdruck aufmerksam und verständnisvoll.

«Ich wurde mein ganzes Leben lang gelehrt, dass… Gefühle wie diese falsch sind. Aber wenn ich bei dir bin, fühlt sich alles so richtig an», fuhr David fort, die Worte strömten nun freier.

Alex nahm Davids Hand über den Tisch.

«David, es gibt kein richtig oder falsch, wenn es um Gefühle geht. Sie sind ein Teil von dir, und es ist mutig, dass du sie erkennst und dich ihnen stellst.»

Die Unterhaltung dauerte Stunden, während sie über ihre Ängste, Hoffnungen und Träume sprachen.

Für David war es ein Schritt in eine ungewisse Zukunft, aber ein Schritt, den er nicht alleine gehen musste. Mit Alex an seiner Seite fühlte er, dass er vielleicht den Weg zu sich selbst finden konnte.

Kapitel 5

In den Tagen nach ihrem tiefgründigen Gespräch fand David sich in einer Welt wieder, die ihm gleichzeitig vertraut und völlig neu erschien. Er sah die Dinge aus einer anderen Perspektive, eine, die von Alex' Verständnis und Akzeptanz gefärbt war.

Sie trafen sich häufiger, manchmal nur für einen Kaffee, manchmal für lange Spaziergänge durch die Stadt oder Parks. Bei jedem Treffen spürte David, wie die Mauern, die er um sich herum aufgebaut hatte, langsam zu bröckeln begannen.

Es gab Momente der Unsicherheit, Momente, in denen die alten Stimmen seiner Erziehung in seinem Kopf widerhallten und ihn an seiner neuen Wahrheit zweifeln ließen.

In diesen Momenten war Alex stets ein Anker, jemand, der ihn zurück in die

Realität holte, ihn daran erinnerte, dass es in Ordnung war, sich selbst zu sein.

Alex war geduldig, nie drängend oder fordernd.

Er verstand, dass David einen Prozess durchmachte, eine Reise zu sich selbst, und er war bereit, ihn auf diesem Weg zu begleiten, egal wie lange es dauern würde.

Eines Abends, als sie nebeneinander am Ufer des Flusses saßen und den Sonnenuntergang beobachteten, fasste David den Mut, Alex' Hand zu nehmen. Es war eine kleine Geste, aber für David bedeutete sie so viel mehr. Es war ein Zeichen der Akzeptanz, ein Zeichen dafür, dass er bereit war, vorwärtszugehen.

Alex drückte seine Hand sanft. «Du bist nicht allein, David. Ich bin hier, mit dir, Schritt für Schritt.»

Diese Worte gaben David eine nie gekannte Stärke. Er fühlte sich, als hätte er eine lange Reise angetreten, eine

Reise, die vielleicht kein klares Ziel hatte, aber die es wert war, gegangen zu werden.

In den folgenden Tagen begann David, sich mehr zu öffnen, nicht nur gegenüber Alex, sondern auch gegenüber sich selbst.

Er begann, die Welt mit neuen Augen zu sehen, eine Welt, die voller Möglichkeiten und nicht voller Einschränkungen war.

An einem trüben Nachmittag, als ein sanfter Regen gegen die Fensterscheiben seines Studios prasselte, saß Alex inmitten seiner kreativen Unordnung. Sein Zimmer war ein gemütlicher, chaotischer Raum voller Musikinstrumente, halbfertiger Skizzen und überquellender Bücherregale.

Während er da saß, umgeben von den Zeugnissen seiner Leidenschaften, fühlte er sich sowohl inspiriert als auch nachdenklich.

Das rhythmische Trommeln des Regens schuf eine beruhigende Hintergrundmelodie, die seine Gedanken anregte und ihn dazu brachte, tief in sich zu gehen und über die jüngsten Wendungen in seinem Leben nachzudenken.

In diesem Moment klingelte sein Telefon. Es war seine Mutter.

Mutter: «Hallo Alex, wie geht es dir, mein Lieber?»

Alex: «Hey Mama, mir geht's gut, danke. Und bei euch? Wie geht es Sophie?»

Mutter: «Uns geht es allen gut. Sophie hat gerade viel um die Ohren mit ihrem Kunststudium, aber sie ist glücklich. Und wie läuft es bei dir? Irgendwelche neuen Songs in Arbeit?»

Alex: «Ja, ich arbeite an ein paar neuen Stücken. Eigentlich gibt es da noch etwas… ich habe jemanden kennengelernt.»

Mutter: «Oh, das klingt ja spannend! Erzähl mir mehr!»

Alex: «Sein Name ist David. Er ist anders als die Leute, die ich normalerweise treffe. Er ist… faszinierend.»

Mutter: «Das freut mich zu hören, Alex. Du klingst wirklich glücklich. Wann können wir ihn kennenlernen?»

Alex: «Ich hoffe bald. Ich denke, ihr werdet ihn mögen. Er hat so eine ruhige und überlegte Art.»

Mutter: «Wir freuen uns darauf, ihn zu treffen. Und denk daran, du kannst uns immer alles erzählen. Wir sind für dich da.»

Alex: «Danke, Mama. Das bedeutet mir viel. Ich halte euch auf dem Laufenden.»

Nachdem sie aufgelegt hatten, lächelte Alex. Das Gespräch mit seiner Mutter hatte ihn beruhigt. Es war gut, zu wissen, dass seine Familie ihn unterstützte.

David saß nervös im Café, wartend auf Sarahs Ankunft. Er hatte sich seit ihrer Trennung gut mit ihr verstanden, aber dieses Treffen fühlte sich anders an.

Er war bereit, ihr etwas zu offenbaren, das sein Leben in ein neues Licht rückte.

Als Sarah eintrat, strahlte sie wie immer. Ihr Lächeln war warm und einladend, und als sie sich setzte, war die Vertrautheit zwischen ihnen sofort spürbar.

«Ich bin froh, dass wir uns treffen konnten», begann Sarah, «Wie geht es dir?»

David zögerte einen Moment, dann atmete er tief durch.

«Mir geht es gut, eigentlich besser als seit langem. Sarah, es gibt etwas, das ich dir erzählen muss.»

Sarah sah ihn erwartungsvoll an. «Was ist los, David?»

«Ich habe jemanden kennengelernt… Alex. Er ist… er ist anders als jeder, den ich je getroffen habe.» David hielt inne, suchte nach den richtigen Worten. «Ich habe Gefühle für ihn. Tiefgründige Gefühle. Ich… ich glaube, ich bin schwul.»

Sarahs Augen weiteten sich kurz, aber dann lächelte sie sanft.

«David, das ist okay. Ich bin froh, dass du jemanden gefunden hast, der dich glücklich macht.»

David schaute sie überrascht an. «Du bist nicht… schockiert?»

Sarah schüttelte den Kopf. «Ehrlich gesagt, habe ich es schon vermutet, als wir zusammen waren. Es gab Momente, dein Verhalten, deine Einfühlsamkeit, die ein Grund dafür war, dass ich mich in dich verliebt habe.

Nicht, dass ich denke, ein Heteromann könnte nicht einfühlsam sein. Doch du hat einfach gewisse Eigenheiten, die mich schon lange haben vermuten lassen, dass ein Mann interessant für dich sein könnte. Ich bin froh, dass du jetzt dein wahres Ich entdeckst. Ich kenne deine Familie und weiß, wie schwer es für dich ist, überhaupt Gedanken in diese Richtung zu haben.» Ihre Worte waren wie Balsam für Davids Seele. Er hatte befürchtet, dass seine Offenbarung ihre Freundschaft belasten könnte, aber stattdessen fühlte er sich nur noch mehr verstanden und akzeptiert.

«Danke, Sarah. Deine Unterstützung bedeutet mir viel.»

Sie sprachen noch eine Weile, tauschten Geschichten aus und lachten über gemeinsame Erinnerungen. Als sie sich verabschiedeten, fühlte David sich leichter. Sarahs Akzeptanz hatte ihm die Bestätigung gegeben, die er brauchte, um weiterhin den Weg zu gehen, den er eingeschlagen hatte – einen Weg der Ehrlichkeit und Selbstakzeptanz.

Als Alex zufällig an dem Café vorbeiging, erstarrte er für einen Moment.

Durch das Fenster sah er David mit einer Frau, die er nicht kannte. Sie schienen eng miteinander zu reden, und Alex beobachtete, wie sie lachten und scheinbar eine angenehme Zeit miteinander verbrachten. Ein Stich des Schmerzes durchzuckte ihn.

In seinem Kopf begannen Gedanken zu kreisen. War diese Frau der Grund für Davids kürzliche Zurückhaltung? Hatte David eine neue Beziehung begonnen und ihn, Alex, aus seinem Leben gestrichen? Die Möglichkeit fühlte sich wie ein schwerer Schlag in der Brust an.

Ohne zu zögern, setzte Alex seinen Weg fort, die Verwirrung und Enttäuschung fest im Griff.

Während er zu seinem Auftritt ging, war sein Geist abgelenkt und voller Fragen. Die Musik, die er an diesem Abend spielte, war durchdrungen von einer Melancholie, die sein Publikum spürte, aber nicht verstand.

Nach seinem Auftritt saß Alex alleine da, umgeben von der Stille seines Apartments. Der Gedanke, David zu kontaktieren, um Klarheit zu schaffen, kreuzte seinen Geist, aber er zögerte.

Die Angst, die Wahrheit zu erfahren, dass er für David vielleicht nur eine vorübergehende Phase war, hielt ihn zurück.

Er versuchte, die Bilder von David und dieser unbekannten Frau aus seinem Kopf zu verbannen, aber sie kehrten immer wieder zurück. Die Unsicherheit nagte an ihm, und er fühlte sich ausgestoßen und alleingelassen.

In den folgenden Tagen zog sich Alex immer mehr zurück. Er verbrachte Stunden damit, Musik zu spielen, aber die Töne, die sonst Trost und Freude brachten, klangen nun leer. Jeder Akkord war ein Echo seiner inneren Turbulenzen, ein Spiegelbild der Unsicherheit, die ihn umgab.

Alex fand keine Ruhe.

Die Fragen, die das Bild von David und der Frau in ihm aufgeworfen hatten, ließen ihn nicht los. Er war hin- und hergerissen zwischen dem Bedürfnis, die Wahrheit zu erfahren, und der Angst, dass diese Wahrheit das Ende von allem bedeuten könnte, was er mit David aufgebaut hatte.

In den Tagen nach seinem Treffen mit Sarah im Café bemerkte David eine spürbare Veränderung in Alex' Verhalten.

Ihre Nachrichten wurden kürzer, Treffen seltener, und wenn sie sich sahen, war eine ungewohnte Distanz zwischen ihnen.

David grübelte darüber nach. Hatte er etwas falsch gemacht? Waren seine eigenen Unsicherheiten und sein Ringen um Akzeptanz für Alex zu belastend geworden?

Er konnte keinen klaren Grund erkennen, und diese Ungewissheit belastete ihn.

Alex auf der anderen Seite war von Zweifeln geplagt. Das Bild von David mit der unbekannten Frau im Café verfolgte ihn.

Er konnte nicht anders, als zu denken, dass David vielleicht zu einem früheren, vertrauteren Leben zurückgekehrt war – einem Leben ohne die Komplikationen, die Alex mit sich brachte.

In einem Moment der Verzweiflung überlegte Alex, David direkt darauf anzusprechen. Doch jedes Mal, wenn er den Mut dazu fand, hielt ihn die Angst vor der möglichen Antwort zurück. Die Vorstellung, David zu verlieren, war zu schmerzhaft.

David entschied schließlich, die Stille zu durchbrechen. «Alex, ich habe das Gefühl, dass etwas nicht stimmt. Wir sollten reden», schrieb er in einer Nachricht.

Alex zögerte mit seiner Antwort. Er wollte die Wahrheit wissen, aber gleichzeitig fürchtete er sie.

«Ich bin gerade sehr beschäftigt. Vielleicht später», antwortete er ausweichend.

Diese Antwort hinterließ bei David ein Gefühl der Frustration und Hilflosigkeit. Er wollte die Dinge klären, aber Alex' Ausweichen machte es unmöglich. Er fragte sich, ob er weiter drängen oder Alex den Raum geben sollte, den er offensichtlich brauchte.

Die Tage vergingen, und die Distanz zwischen ihnen schien zu wachsen. Jeder versank in seinen eigenen Gedanken und Ängsten, unfähig, den ersten Schritt zu machen, um das Missverständnis aufzuklären.

Diese ungewisse Distanz wurde zu einer stummen Barriere, die ihre frühere Nähe und Vertrautheit ersetzte. Beide sehnten sich nach einer Rückkehr zur Leichtigkeit ihrer früheren Beziehung, waren aber gefangen in einem Netz aus Zweifeln und unausgesprochenen Fragen.

Er brauchte jemanden zum Reden und wählte Jonas' Nummer.

Jonas: «Hey Alex, was gibt's Neues?»

Alex: «Ich… ich habe David heute mit einer Frau gesehen. Sie sahen ziemlich vertraut miteinander aus. Ich weiß nicht, was ich davon halten soll.»

Jonas: «Bist du sicher, dass es so ist, wie es aussieht? Kennst du die ganze Geschichte?»

Alex: «Ich kenne sie nicht. Sie könnten nur Freunde sein, aber ich weiß es nicht. Es hat mich getroffen, Jonas. Ich dachte, zwischen David und mir könnte mehr sein.»

Jonas: «Hast du mit David darüber gesprochen? Vielleicht gibt es eine einfache Erklärung.»

Alex: «Ich habe nicht den Mut dazu. Ich will nicht klammern oder eifersüchtig wirken. Aber es beschäftigt mich.»

Jonas: «Alex, ich verstehe, dass du verwirrt bist. Aber du solltest wirklich mit David sprechen. Kommunikation ist in einer Beziehung das Wichtigste. Mach keine voreiligen Schlüsse.»

Alex: «Ja, du hast recht. Ich werde versuchen, mit ihm zu reden. Es ist nur… schwer, weißt du? Ich wollte nicht zugeben, wie viel er mir bedeutet.»

Jonas: «Es ist okay, verletzlich zu sein, Alex. Das zeigt nur, dass du wirklich fühlst. Egal, was passiert, ich bin für dich da.»

Alex: «Danke, Jonas. Ich weiß das zu schätzen. Ich melde mich, sobald ich mehr weiß.»

Nach dem Gespräch legte Alex sein Telefon beiseite und atmete tief durch. Jonas hatte Recht – er musste mit David sprechen und herausfinden, was wirklich vor sich ging.

Kapitel 6

In den schwindenden Stunden eines Herbsttages saß David an seinem Schreibtisch, umgeben von der Stille seines Zimmers. Die wachsende Distanz zu Alex hatte ihn dazu gebracht, seine Gedanken und Gefühle auf eine andere Weise auszudrücken.

Ein Brief, dachte er, könnte die Brücke sein, die ihre Kommunikation wiederherstellte.

Mit einem tiefen Seufzer begann er zu schreiben, jedes Wort sorgfältig wählend, um seine Gefühle und die Verwirrung, die er in den letzten Wochen empfunden hatte, zu vermitteln. Er schrieb über seine Begegnung mit Sarah und wie wichtig es ihm war, dass Alex die Wahrheit über diese Beziehung verstand.

Er erklärte seine anhaltende Auseinandersetzung mit seiner Identität und seine Gefühle für Alex.

Als er den Brief beendete, fühlte er sich erleichtert, aber auch nervös. Er würde den Brief am nächsten Tag in Alex' Briefkasten legen, in der Hoffnung, dass es die angespannte Stille zwischen ihnen durchbrechen würde.

Alex, der sich immer noch in einem Zustand der Unsicherheit befand, war überrascht, als er den Umschlag mit seinem Namen darauf in seinem Briefkasten fand. Zögerlich öffnete er ihn und begann zu lesen.

Lieber Alex,

ich greife zu Papier und Stift, weil es manchmal einfacher ist, Gedanken zu formulieren, wenn man sie niederschreibt. In letzter Zeit habe ich viel nachgedacht und gefühlt, mehr als ich je zuvor gekannt habe, und ich möchte diese Gedanken mit dir teilen.

Es gab kürzlich ein Treffen mit Sarah, meiner Ex-Freundin, das unerwartete Gefühle und Erinnerungen in mir hervorgerufen hat. Es war ein Moment der Reflexion über meine Vergangenheit und darüber, wie sehr sich mein Leben verändert hat. Dieses Treffen hat mich dazu gebracht, über uns, über mich und über die Zukunft nachzudenken.

Alex, ich will ehrlich zu dir sein. Was ich für dich empfinde, ist tief und echt. Seit ich dich kenne, habe ich Seiten an mir entdeckt, die ich nicht kannte. Deine Leidenschaft für Musik, deine Sicht auf das Leben – all das hat mich tief beeindruckt und inspiriert.

Ich habe in letzter Zeit viel über meine Identität und meine Gefühle nachgedacht. Es gab Momente der Unsicherheit und der Angst, aber auch der Hoffnung und der Freude. Ich glaube, dass das, was zwischen uns entstanden ist, etwas Besonderes ist, etwas, das ich weiter erforschen möchte.

Ich bitte dich um ein Treffen, um von Angesicht zu Angesicht zu sprechen. Es gibt so viel, das ich dir sagen möchte, Dinge, die sich besser persönlich als über einen Brief ausdrücken lassen. Ich hoffe, dass wir die Möglichkeit haben werden, unsere Gedanken und Gefühle offen zu teilen und zu sehen, wohin dieser Weg uns führen kann.

Mit aufrichtigen Gefühlen und in der Hoffnung auf eine Chance,

David

Mit jedem Wort, das Alex las, wurde ihm klarer, wie falsch seine Annahmen gewesen waren. David hatte nicht zu einem früheren Leben zurückgefunden; er kämpfte vielmehr mit seinen eigenen Dämonen und der Angst, sich selbst zu akzeptieren.

Alex spürte, wie eine Welle der Erleichterung und des Bedauerns über ihn kam – Erleichterung über die Wahrheit und Bedauern darüber, wie schnell er zu falschen Schlüssen gesprungen war.

Der Brief endete mit einer Bitte um ein Treffen, um persönlich über alles zu sprechen. Alex wusste, dass er diese Gelegenheit ergreifen musste. Es war Zeit, die Missverständnisse auszuräumen und einen neuen Weg vorwärts zu finden.

In dieser Nacht lag Alex wach und dachte über alles nach, was geschehen war. Der Brief hatte viele Dinge ins rechte Licht gerückt, und er war entschlossen, die Gelegenheit zu nutzen, um ihre Beziehung zu reparieren und vielleicht sogar zu stärken.

Alex wartete in einem abgeschiedenen Teil des Parks, umgeben von alten, majestätischen Bäumen, deren Blätter ein sanftes Rauschen in der leichten Brise erzeugten.

Der Ort, den David in seinem Brief vorgeschlagen hatte, war ein verborgenes Juwel: eine kleine Lichtung mit einer

Bank, die einen malerischen Blick auf einen ruhig fließenden Bach bot. Die Sonne warf durch das Blätterdach ein Mosaik aus Licht und Schatten auf den Boden, und die friedliche Stille des Parks war nur durch das Zwitschern der Vögel und das leise Plätschern des Wassers unterbrochen.

Während Alex wartete, ließ er seinen Blick über die natürliche Schönheit des Ortes schweifen, fühlte die ruhige Erwartung in der Luft und dachte über die bevorstehende Unterhaltung nach.

Sein Herz klopfte nervös bei dem Gedanken an das bevorstehende Gespräch. Er hatte Davids Worte immer wieder gelesen, jedes Mal mehr Verständnis und Mitgefühl für Davids Lage empfindend.

Als David eintraf, konnte Alex die Anspannung in seiner Haltung sehen.

Sie begrüßten sich zunächst schweigend, dann setzten sie sich nebeneinander auf eine Bank, die den Blick auf einen ruhigen Teich freigab.

«Ich bin froh, dass du gekommen bist», brach David das Schweigen. «Es gibt so viel, das ich dir sagen wollte, aber ich wusste nicht, wie.»

Alex nickte. «Dein Brief hat mir die Augen geöffnet, David. Ich... hatte dich gesehen, mit dieser Frau und... habe voreilige Schlüsse gezogen, und das tut mir leid.»

David sah Alex an, seine Augen voller Dankbarkeit. «Es ist nicht nur deine Schuld. Ich hätte früher offen mit dir sprechen sollen. Meine Gefühle... sie sind neu für mich, und ich habe Angst davor, was sie bedeuten. Vielleicht hätte ich dir einfach von dem Treffen mit Sarah erzählen sollen. Ich brauchte einfach jemand Neutralen, mit dem ich über meine Gefühle reden kann.»

«Das verstehe ich», antwortete Alex sanft. «Aber weißt du, David, manchmal ist der schwierigste Teil nicht, unsere Gefühle zu akzeptieren, sondern uns selbst zu erlauben, sie zu fühlen.»

Sie sprachen lange und offen, über ihre Ängste, Hoffnungen und Wünsche. Für David war es ein Prozess des Sich-Öffnens, des Akzeptierens seiner wahren Gefühle. Für Alex war es eine Lektion in Geduld und Verständnis.

Als das Gespräch endete, fühlten sich beide erleichtert. Sie hatten einen Weg gefunden, ihre Missverständnisse zu klären und ihre Beziehung auf einer tieferen Ebene fortzusetzen.

«Danke, dass du mir zugehört hast», sagte David, als sie aufstanden, um zu gehen.

«Danke, dass du ehrlich zu mir warst», erwiderte Alex. «Ich glaube, wir haben beide etwas daraus gelernt.»

Eines Abends lud Alex David zu sich nach Hause ein.

Es war ein warmer Sommerabend, und die Sterne funkelten am Himmel. In Alex' kleinem, gemütlichen Apartment fühlten sie sich beide entspannt und frei von den Sorgen des Alltags.

Sie kochten gemeinsam, eine einfache, aber köstliche Mahlzeit, begleitet von Musik, die leise im Hintergrund spielte.

Das Essen war voller Lachen und unbeschwerter Gespräche, ein weiteres Zeichen ihrer sich vertiefenden Verbindung.

Nach dem Essen saßen sie auf dem Balkon, umgeben von den sanften Klängen der Nachtstadt und dem Schein der Sterne. Ihre Gespräche wurden leiser, intimer. Es war, als würden sie sich auf einer neuen, emotionaleren Ebene begegnen.

Schließlich, als die Nacht sich tiefer über die Stadt legte, fanden sie sich in einer Umarmung wieder, ein Moment voller Zärtlichkeit und Nähe.

Es war ein natürlicher, sanfter Übergang zu einem tieferen Grad an Intimität, der von gegenseitigem Respekt und wachsender Liebe geprägt war.

In dieser Nacht, in der Stille von Alex'
Apartment, erlebten sie gemeinsam
etwas Besonderes.

Es war mehr als körperliche Nähe; es
war eine Verbindung der Seelen, ein
Ausdruck ihrer Gefühle, die Worte
nicht fassen konnten.

Als sie nebeneinanderlagen, fühlten sie
sich sicher und geborgen. Für David
war es ein Moment der Offenbarung,
der Akzeptanz seiner selbst und seiner
Gefühle für Alex.

Für Alex war es die Bestätigung, dass
seine Geduld und sein Verständnis den
Weg für diese tiefe, bedeutungsvolle
Beziehung geebnet hatten.

Am nächsten Morgen wachten sie
gemeinsam auf, ein Gefühl der Dankbarkeit und des Glücks erfüllte den
Raum. Sie wussten beide, dass dies erst
der Anfang eines neuen Kapitels in
ihrem Leben war, eines Kapitels voller
Möglichkeiten, Lernen und Liebe.

Kapitel 7

In der Firma hatte sich die Atmosphäre leicht verändert, seit David begonnen hatte, sich mit seiner Identität auseinanderzusetzen.

Als er mit einigen Kollegen, darunter Peter Müller, am Kopierer stand, begann Peter erneut über das Thema Homosexualität zu sprechen. Er machte sich über eine kürzlich durchgeführte Diversity-Schulung lustig.

«Jetzt sollen wir auch noch lernen, wie man mit diesen Schwulen richtig umgeht. Als ob das irgendwas an der Arbeit ändern würde», spottete Peter.

David spürte, wie die Blicke seiner anderen Kollegen auf ihm ruhten. Er war sich nicht sicher, ob sie seine Reaktion erwarteten oder ob sie selbst unsicher waren, wie sie reagieren sollten.

In diesem Moment entschied sich David, nicht zu schweigen.

«Peter, ich glaube, es geht weniger darum, wie man ‚mit ihnen umgeht‘, sondern eher darum, Respekt und Verständnis für jeden im Team zu zeigen, unabhängig von ihrer sexuellen Orientierung», sagte David ruhig, aber bestimmt.

Peter sah ihn überrascht an, offensichtlich nicht erwartet habend, dass David sich äußern würde. Einige der anderen Kollegen nickten zustimmend.

«Na ja, jeder hat seine Meinung, nicht wahr?», murmelte Peter und wandte sich wieder seinem Kopieren zu.

Als David zurück an seinen Arbeitsplatz ging, fühlte er eine Mischung aus Nervosität und Stolz. Er hatte sich nicht nur für sich selbst eingesetzt, sondern auch ein wichtiges Signal an seine Kollegen gesendet.

Als Davids Eltern in der Stadt ankamen, war die Aufregung in der

Luft spürbar. David hatte sich entschieden, ihnen von Alex zu erzählen, war sich aber unsicher, wie viel er preisgeben sollte. Bei einem Spaziergang durch den Park kam das Gespräch auf sein Privatleben.

«Ich treffe jemanden», begann David zögerlich. «Jemanden, der mir sehr wichtig ist. Alex heißt er.»

Seine Eltern sahen ihn überrascht, aber erfreut an. «Das ist wunderbar, David!», sagte seine Mutter lächelnd. «Erzähl uns mehr über Alexandra.»

David, der in Gedanken schon beim nächsten Satz war, bemerkte nicht das Missverständnis. «Nun, Alex ist unglaublich. Wir haben viel gemeinsam, und das erste Mal fühle ich mich wirklich glücklich», erklärte er, wobei er sich bemühte, seine wachsende Nervosität zu verbergen.

Sein Vater nickte.

«Es ist schön, zu hören, dass du jemanden gefunden hast, David. Wir freuen
uns darauf, sie kennenzulernen.»
David, immer noch in seinen Gedanken
gefangen und erleichtert, dass das
Gespräch besser verlief als erwartet,
griff die Gelegenheit.
«Warum kommt ihr nicht zum Abendessen morgen? Ich könnte etwas Schönes kochen.»
Seine Eltern stimmten freudig zu, und
David war richtig erleichtert.
Das Missverständnis schwebte unsichtbar in der Luft, unbemerkt von ihm.
Als David später nach Hause kam, war
er erstaunt, wie locker sie das Ganze
aufnahmen. Doch für den Moment entschied er sich, sich an der Tatsache zu
erfreuen, dass sie Alex zumindest in
einem positiven Licht sahen.
Er rief Alex an, um ihn zum Abendessen einzuladen und erzählte ihm, wie
freudig sie es aufgenommen hatten,
dass er glücklich war.

David hatte das Abendessen sorgfältig vorbereitet, seine Wohnung sauber und einladend gemacht. Eine Mischung aus Nervosität und Vorfreude lag in der Luft, während er auf das Klingeln an der Tür wartete. Alex, der etwas früher gekommen war, half ihm in der Küche und versuchte, seine Nerven zu beruhigen.

«Es wird schon gut gehen», sagte Alex, seine Stimme zitterte leicht vor Anspannung.

Als Davids Eltern das Haus betraten, waren die Begrüßungen anfangs herzlich, aber angespannt. «Mama, Papa, das ist Alex», stellte David vor.

Sein Vater, sichtlich überrascht, weitete die Augen. «Alex ist ein Mann?», fragte er, seine Stimme trug einen Unterton der Enttäuschung.

«Ja, Papa. Alex ist ein Mann, und er bedeutet mir sehr viel», antwortete David mit fester Stimme.

Davids Mutter, bemüht um Höflichkeit, trat vor und reichte Alex die Hand.

«Es ist schön, Sie kennenzulernen, Alex. David hat uns viel von Ihnen erzählt.»

Doch die Atmosphäre blieb angespannt. Nach einigen Minuten stand Davids Vater abrupt auf.

«Ich… ich brauche etwas Luft», murmelte er und verließ das Haus, ohne zurückzublicken.

Die Situation war nun noch angespannter, und David spürte, wie seine Mutter bemüht war, die Stimmung zu retten. Sie setzten sich zu dritt an den Tisch, und während des Essens versuchte Davids Mutter, eine Unterhaltung aufrechtzuerhalten, stellte Alex Fragen über sein Leben und seine Interessen.

Nach dem Essen, als sie bei Kaffee und Dessert saßen, sprach Davids Mutter die offensichtliche Spannung an.

«David, ich… ich hatte schon länger so eine Ahnung, dass du vielleicht… naja, anders fühlst. Aber das Wichtigste ist, dass du glücklich bist. Wir lieben dich, egal was ist.»

David, der sich bemühte, seine Emotionen zu kontrollieren, nickte dankbar. «Danke, Mama. Ich hoffte, dass ihr beide es verstehen würdet.»

«Dein Vater braucht Zeit, um das zu verarbeiten», sagte sie, während sie Davids Hand nahm. «Er liebt dich. Gib ihm etwas Zeit, und er wird damit klarkommen.»

David fühlte sich zwar enttäuscht über die Reaktion seines Vaters, war aber dankbar für die Unterstützung seiner Mutter.

Als seine Mutter ging, sah David ihr nach. Er wusste, dass der Weg vor ihnen nicht einfach sein würde, aber er fühlte sich stärker, Alex an seiner Seite zu haben.

Dieses Abendessen war ein wichtiger Schritt auf dem Weg zur Akzeptanz.

In den Wochen nach dem Abendessen mit Davids Eltern vertiefte sich die Beziehung zwischen David und Alex.

Sie verbrachten mehr Zeit zusammen, teilten ihre Gedanken und Träume und bauten eine noch stärkere emotionale Bindung auf.

An einem sonnigen Samstagnachmittag schlenderten David und Alex Hand in Hand durch die Stadt, genossen die entspannte Atmosphäre und die gemeinsame Zeit.

Als sie um die Ecke einer belebten Straße bogen, trafen sie unerwartet auf Peter Müller, Davids Kollegen.

Peter, der gerade aus einem Laden trat, hielt inne, als er David mit Alex sah.

Sein Blick fiel auf ihre ineinandergreifenden Hände, und für einen Moment war eine Mischung aus Überraschung und Unbehagen in seinem Gesicht zu erkennen.

«David, das ist ja eine Überraschung», sagte Peter, seine Stimme unsicher.

«Ja, finde ich auch», antwortete David,
ein Gefühl der Entschlossenheit in
seiner Stimme. «Alex, das ist Peter, ein
Kollege von mir.»
Alex reichte Peter freundlich die Hand.
«Schön, Sie kennenzulernen.»
Peter schien für einen Moment ver-
loren, schüttelte dann aber Alex' Hand.
«Ebenso», sagte er, obwohl seine
Stimme etwas gezwungen klang.
Es entstand eine kurze, unbehagliche
Stille. David spürte die Spannung, ent-
schied sich aber, die Situation nicht
eskalieren zu lassen.
«Wir wollten gerade Kaffee trinken
gehen. Schönen Tag noch, Peter.»
Als sie weitergingen, warf David einen
kurzen Blick über die Schulter zurück
auf Peter, der sie nachdenklich ansah.
Er spürte eine Mischung aus Nervosität
und Befriedigung.
Obwohl die Begegnung kurz und etwas
unangenehm gewesen war, war es ein

weiterer Schritt für David, offen und selbstbewusst zu sein.

Alex drückte Davids Hand. «Alles in Ordnung?»

David lächelte. «Ja, alles ist in Ordnung. Ich bin froh, dass du hier bist.»

David bemerkte eine Veränderung in sich selbst. Er fühlte sich freier und akzeptierte seine Identität mehr und mehr. Alex' ständige Unterstützung und Verständnis halfen ihm dabei, sich den Herausforderungen zu stellen, die mit der Akzeptanz seiner Sexualität einhergingen.

Sie unternahmen gemeinsame Ausflüge, erkundeten neue Orte in der Stadt und genossen einfache Momente wie gemeinsame Abende zu Hause.

Jedes Mal, wenn sie zusammen waren, stärkte es das Gefühl, dass sie zusammengehörten.

Alex, der Davids Kampf mit seiner Familie miterlebt hatte, bewunderte die Art und Weise, wie David mit der Situation umging. Es war nicht einfach, sich den Erwartungen der Familie zu widersetzen, besonders wenn diese so tief in Traditionen verankert waren.

Eines Tages, als sie in einem kleinen Café saßen, nahm David Alex' Hand. «Weißt du, Alex, ich hätte nie im Leben gedacht, dass ich mal jemanden wie dich treffen würde. Es klingt verrückt, aber du hast… mein ganzes Leben auf den Kopf gestellt.»

Alex lächelte.

«Du hast auch mein Leben verändert, David. Ich bin so dankbar, dass wir uns gefunden haben.»

Alex hatte einen lebhaften und unterstützenden Freundeskreis, der aus verschiedenen Menschen bestand, die er im Laufe seines Lebens kennengelernt hatte.

Viele von ihnen waren ebenfalls Künstler oder Kreative, Menschen, die ein freigeistiges und offenes Leben führten.

Eines Abends lud Alex David ein, seine Freunde bei einem kleinen Treffen in seinem Apartment kennenzulernen. David war nervös, da er nicht wusste, was ihn erwartet, aber Alex versicherte ihm, dass seine Freunde ihn herzlich aufnehmen würden.

Als sie ankamen, wurde David in einer warmen und lebhaften Atmosphäre empfangen. Alex stellte ihm seine engsten Freunde vor: Mia, eine Malerin mit einem scharfen Witz; Jonas, der Freund, mit dem er bereits intensiv über David gesprochen hatte, und Lena, eine Schriftstellerin, deren Bücher von tiefgründigen Themen handelten.

«Hallo David, es freut mich sehr, dich endlich mal kennen zu lernen», sagte Jonas und reichte ihm die Hand.

Die ganze Gruppe nahm ihn herzlich in Empfang. Sie stellten ihm Fragen über sein Leben, seine Arbeit und natürlich seine Beziehung zu Alex.

David fühlte sich schnell wohl und war fasziniert von den unterschiedlichen Persönlichkeiten.

Im Laufe des Abends beobachtete David die Interaktionen zwischen Alex und seinen Freunden. Es war offensichtlich, dass sie eine tiefe Bindung teilten, geprägt von gegenseitigem Respekt und Verständnis. Alex' Freunde schienen seine Beziehung zu David zu unterstützen und freuten sich für ihr Glück.

Mia zwinkerte David zu und sagte: «Glaub mir, Alex lässt keine Gelegenheit aus, von dir zu erzählen. Wir haben schon so viel gehört! Es ist echt toll, ihn so glücklich zu sehen.»

David spürte eine Welle der Dankbarkeit. «Ich bin auch sehr glücklich», antwortete er. «Alex ist etwas ganz Besonderes.»

Als das Treffen endete, fühlte sich David, als hätte er nicht nur Alex' Freunde kennengelernt, sondern auch einen tieferen Einblick in Alex' Leben erhalten. Er verstand nun besser, wie diese Freundschaften Alex geformt hatten und wie sie Teil seiner offenen und liebevollen Persönlichkeit waren.

Auf dem Heimweg hielt David Alex' Hand. «Deine Freunde sind großartig», sagte er. «Ich bin froh, dass ich sie kennengelernt habe.»

Alex lächelte und drückte Davids Hand. «Sie sind wie eine Familie für mich. Und jetzt bist du auch ein Teil davon.»

An jenem bedeutsamen Tag, als David Alex' Familie zum ersten Mal treffen sollte, war die Luft erfüllt von einer Mischung aus Aufregung und Unsicherheit. Während er durch die malerischen Straßen zu Alex' Elternhaus fuhr, konnte er die bunten Vorgärten und gepflegten Häuser bewundern, die eine heimelige und einladende Atmosphäre ausstrahlten.

Mit jedem Kilometer wuchs seine Nervosität, begleitet von dem monotonen Geräusch des Motors und dem stetigen Rhythmus der vorbeiziehenden Straßenlaternen, die sein Auto in ein wechselndes Muster aus Licht und Schatten tauchten.

Nach der Erfahrung mit seinen eigenen Eltern war er unsicher, was ihn erwarten würde.

Alex' Familie lebte in einem gemütlichen Haus am Stadtrand. Als sie ankamen, wurden sie herzlich von Alex' Eltern, Karin und Thomas, und seiner jüngeren Schwester, Sophie, begrüßt.

Das Haus war erfüllt von einer warmen und einladenden Atmosphäre.

«Es ist so schön, dich endlich kennenzulernen, David», sagte Karin mit einem warmen Lächeln. «Alex hat uns so viel von dir erzählt.»

Das Abendessen war eine fröhliche Angelegenheit, mit lebhaften Gesprächen und viel Gelächter. David fühlte sich sofort wohl. Die Offenheit und Akzeptanz, die Alex' Familie zeigte, waren für ihn eine angenehme Überraschung.

Während des Essens erzählten Karin und Thomas Geschichten aus Alex' Kindheit, und Sophie neckte ihren Bruder liebevoll. David beobachtete die Interaktionen und spürte, wie unterschiedlich diese familiäre Umgebung von seiner eigenen war.

Nach dem Essen nahm Karin David beiseite. «Ich weiß, dass es für dich nicht einfach sein muss, mit deinen Eltern. Aber ich möchte, dass du weißt, dass du hier immer willkommen bist. Wir sehen dich als Teil unserer Familie.»

David war überwältigt von der Herzlichkeit und Akzeptanz. Er dankte Karin und fühlte, wie eine Last von seinen Schultern fiel. Dieses Treffen mit Alex' Familie gab ihm neue Perspektiven und bestärkte ihn in seinem Weg mit Alex.

Als sie später am Abend nach Hause fuhren, fühlte sich David dankbar und ermutigt. Die Begegnung mit Alex' Familie hatte ihm gezeigt, dass es Orte gab, wo Verständnis und Liebe bedingungslos waren.

Epilog

Ein Jahr nachdem David und Alex ihre Beziehung begonnen hatten, standen sie nun vor dem Standesamt, bereit, ein neues Kapitel in ihrem Leben zu beginnen.

Die Sonne strahlte auf die kleine Versammlung von Freunden und Familie, die gekommen waren, um diesen besonderen Tag mit ihnen zu teilen.

Sarah, Davids Ex-Freundin, war eine der ersten, die ankam, ein strahlendes Lächeln auf dem Gesicht.

Sie umarmte David herzlich.

«Ich bin so glücklich für euch beide», sagte sie.

Alex' Familie, warm und einladend wie immer, begrüßte David mit offenen Armen, als wäre er schon immer ein Teil ihrer Familie gewesen.

Seine Mutter, Karin, wischte sich eine Träne der Rührung weg, als sie die beiden ansah.

Unter den Gästen waren auch Alex' Freunde, jeder einzelne von ihnen ausdrücklich erfreut, Teil dieses freudigen Anlasses zu sein. Ihre Gesichter spiegelten die Freude und das Glück wider, das sie für Alex und David empfanden.

Davids Familie war ebenfalls anwesend, und obwohl sein Vater immer noch mit einigen der Veränderungen zu kämpfen hatte, stand er an diesem Tag an Davids Seite, ein stilles Zeichen seiner wachsenden Akzeptanz.

Unerwartet tauchten auch einige von Davids Arbeitskollegen auf, darunter Peter Müller.

Peter schien kurz nach den richtigen Worten zu suchen, bevor er sagte: «Herzlichen Glückwunsch, David», und ihm dann etwas zögerlich die Hand reichte. «Echt, alles Gute für euch beide.»

David war überrascht, aber dankbar für Peters Worte. Es war ein Zeichen dafür, dass manchmal auch die Menschen, bei denen man es am wenigsten erwartete, einen Wandel durchmachen können.

Als die Zeremonie begann, hielten David und Alex einander an den Händen, ihre Augen voller Liebe und Versprechen für die Zukunft.

Das Aussprechen ihrer Gelübde war es ein Moment tiefer Emotionen, nicht nur für sie, sondern für alle Anwesenden.

Nachdem sie offiziell als Ehepartner erklärt wurden, brachen Applaus und Jubel aus.

Es war ein Tag der Liebe, der Akzeptanz und des Neuanfangs, ein Tag, der zeigte, dass die wahre Liebe keine Grenzen kennt.

Während die Feierlichkeiten begannen, standen David und Alex zusammen, blickten auf die versammelten Freunde und Familienmitglieder und wussten, dass sie den Mut und die Unterstüt-

zung hatten, um alle Herausforderungen zu meistern, die das Leben
ihnen noch bringen würde.